句集

訪ふ《おとなう》

万木一幹
Yurugi
Ikkan

紅書房

句集

訪ふ

句集　訪ふ

目次

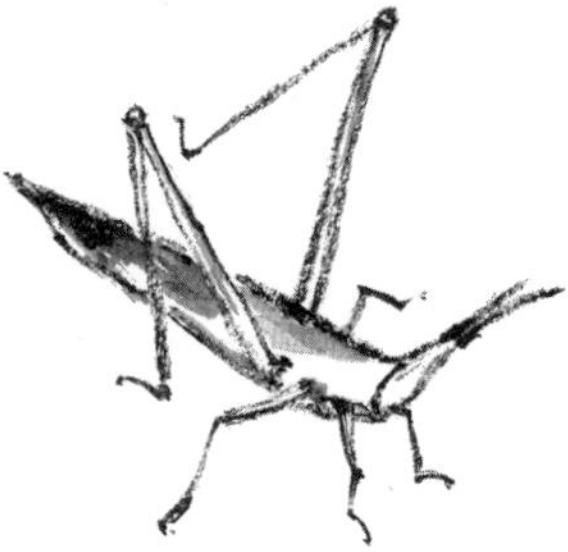

題簽＝石　寒太
挿画＝初鹿光子

リアル感を大切に――一幹句集『訪《おとな》ふ』に寄せて

石　寒太

万木一幹さんも、確かどこかに書いていた。俳句会の匿名性、メンバーの平等性など、すべてが常に民主的で心地がいい。そのとおりだと思う。

もとより、句会は年齢・職業・地域・性別・国籍など、すべて関係ない。同じひとつの座に加わりさえすれば、誰でもいつでもどんなところでも自由に俳句をつくることができ、差別なくその人の句が鑑賞、批評される。それが句会のいいところである。だから、隣に誰がいようとも、その人がどんな職業の人かも、その場では一切知らされないし問われもしない。

こんな句会の雰囲気が身に合ったのであろう。俳句をはじめるようになった万木一幹さんは、私のＮＨＫ青山の俳句教室に入り、基礎から学び、途中中断があったものの、あしかけ十年近く通っていた。そして以前から打ち込んでいた合気道にもまして、俳句一途にはまり込み、近くの洋洋句会はもちろん、阿佐谷ナイト句会その他、いろいろな「炎環」の句会にも顔をだすようになった。いまでは「炎環」の中枢を担い、一番重要で大切な会計部門のすべてを仕切ってくれている。本当にありがたいことである。万木一幹さんはいま、「炎環」の大きな幹となり、大樹となって「炎環」を支えてくれている柱なのである。

さて、今度一幹さんのはじめての句集『訪ふ』が出ることになった。こころから喜んでいる。

私は誰にでも句集上梓を勧めるわけではないが、この句集だけは、私の方から切り出した。それは、彼が俳句生活を今後もつづけていくためには、ぜひこのあたりで一区切りつけて自分の辿ってきた軌跡をみつめる必要がある、そう思ったからである。将来を目指すためにこのあたりでの節目が、彼の転機にはちょうどいいころである。

「訪ふ」を辞書で覗いてみると、いろいろな意味が込められている。音を立てるその響き。人を訪問する意。その他手紙を出すという消息の意。虚子は俳論の中で、「俳句は挨拶である」ともいっている。俳句は、人はもちろん訪れる土地、風土への挨拶……、つまり人間や自然へのすべての訪れへの挨拶の意もある。

そんなふうに思って今度の句稿を俯瞰してみると、『訪ふ』にはずい分と旅の句が多いことが目立つ。いろいろなところを訪れている。まずシルクロードの旅がある。これは彼が気の合った友人たちと二〇一二年に半月ほどかけて絹の道を旅した記録である。

この旅は一幹さんにとっても、ずい分印象的だったらしい。

玄奘の立ちし土壁白蜥蜴
タクラマカン雪解の大河呑みにけり
藍染むる盥跣足の老婆かな
花柘榴翁の廻す糸車
大夕焼ひとつ遺りし狼煙台
仲麻呂の細き記念碑夏の月

など、シルクロードでの旅の途上で出会った土地の人々の生活、習慣がその場に居合わせたように伝わってくる。また土地柄のスケールの大きさもよく描かれて、一句一句が躍動している。

このシルクロードを除く、その他の海外、国内の旅のほとんどは、私も同行していて、読んでいてその臨場感がよく伝わってくる。まず海外の句。

デスマスクの魯迅口髭あたたかし　（上海）
江南の運河洋洋いかのぼり　（同）
北回帰線越ゆる一機や花杏　（台湾）
ガジュマルの気根の湿りつばくらめ　（同）
すずしさやレーザー光線天穿つ　（シンガポール）

さらに、国内の旅も多い。私としても一緒したその時々が昨日のように思い浮かんで懐かしい。

蒼朮を焚けり啄木記念館　（岩手）
啄木は賢治に逢はず木の実落つ　（同）
五月雨や露人兵士の墓碑百基　（松山）
一草庵の巨き法衣よ水澄めり　（同）
一位の実民話の締めのドンドハレ　（遠野）

食堂の日本海新聞菊日和　（隠岐）
艶めきて蛇穴に入る黒木御所　（同）
竹生島へ水脈一筋や春隣　（淡海）
赤貝の尖り縄文火炎土器　（蓼科）
約束の朔太郎橋青しぐれ　（前橋）
弾薬庫上の公園夏つばめ　（城ヶ島）

などなど、国内の旅をあげはじめると、いくつもある。そのほんの一部を掲げてみた。「食堂の日本海新聞菊日和」の句は宇多喜代子氏の特選となっている。どの一句も一緒に旅した思い出の函からとび出し、ひらいてみると、とめどなくつぎつぎに浮かび上がってくる。ずい分多く四季折々旅したものだ。三分の二は一緒に旅を重ねている。

中でも、特に私にとっても一幹さんにとっても忘れられない印象的な旅は、昨年末までの二年間、約一カ月おきに旅立った芭蕉の「おくのほそ道」を廻る旅である。これは十二回にもおよんだ。全コース参加した人もいたが、一幹さんは一回のみは参加できなかったものの、あとはすべて参加し、出立から結びの地の大垣まで一緒した。これは、ふたりにとって特記すべき旅となった。これらの句は、紹介したいが多いので省略する。読者もじっくり読んでともに楽しんで欲しい。

ほそ道の旅は一幹さんにも貴重な記録となって残されたが、その他佐渡島の旅、隠岐島の旅なども印象深い。

いま国内の吟行で思い出したが、「炎環」では若い人たちを(年齢、精神を含めて)中心にした「Sara句会」がある。二〇一三年に上山根まどかさん、中嶋憲武さん、山岸由佳さんほかの、若いメンバー十数人が参加し、はじめて京都一泊の旅に出た。上山根まどかさんに相談されて一幹さんも参加、京都市内をそれぞれ吟行し、一幹さんの尽力により京都大学の楽友会館の一室を借りて句会をした。地元の若い人たちもとび入り参加し、大変盛り上がった。帰りの新幹線に乗る寸前にも京都駅の構内でも更に二次句会までした。若手が結集して、「炎環」内の若いパワーがひろがりを見せはじめたのは、この吟行がきっかけとなったことは確かである。これも一幹さんのお陰と感謝している。

また旅の句の他に「寒稽古」という章がある。ここには合気道関係の句が随所にちりばめられている。合気道は二十年近く続けた由で、俳句とともに一幹さんの歩んできた足跡の一つでもある。

廻りたる袴の裾の淑気かな
汗とあせ投げられゐたる朝稽古
押さへられ小窓の先の大西日

その他、本句集にはみちのく3・11の東日本大震災の地を訪ねての一章も編まれている。これも知人の何人かと、その地を五、六度訪れ、その津波、原発禍に遭った惨状、復興をつぶさに見て、それを詠みこんだ貴重な体験記録となっている。この句集の特色のひとつとなった。深く味わって欲しい。

さて、一幹さんは、常々「ことばにながされず、類句、類想に陥らず、オリジナリティのある句を詠みたい」、そう言っている。リアル感、真実感、それが彼にとって一番大切なものである。そんな世界観を、これからももっともっと追求して拓いていって欲しい。最後に全句の中から私の好きな句をいくつかあげて、この序をしめくくりたいと思う。

バスを待つ母の定位置花大根　（大いなるもの）

仮設階段の涼しき小窓楡一樹
万緑や美しき素数の誕生日
初手紙子に伝へたきこと二つ
ポンポンダリア短命なりしわが家系　（ルドンの眼）
青無花果聖地に戦火絶えざりし
巨き牛のおほき斑や初明り
燕の子駅の津波の到達点　（黙禱・東日本大震災）
みちのくの消えぬ仮の字冬すみれ
余震なほ復興のなほ初つばめ
一刀彫の芭蕉立像青葉風　（山刀伐峠）
糸とんぼ石やはらかき曾良の句碑
茅花流し分水嶺の石三つ
ばつた跳ぶ影やはらかき佐渡島
初稽古丹田におくたなごころ　（寒稽古）
にび色の空母Xつばくらめ
青梅雨や推敲多き詩のノート

入院のキャリーカートや日の盛
虹消えて真つ新の空生まれけり
日めくりのめくり忘れし夏越かな
楸邨のひとりごころや青嵐
源流の二手に岐れ雲の峰
初明り母音転がしつつうがひ
初鏡老いにひとつの立志あり
死と生のあはひ一枚桃の花

（生と死のあはひ）

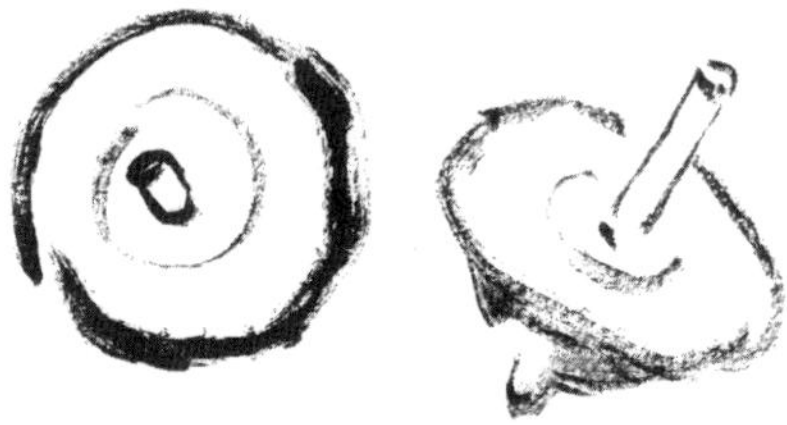

第一章

大いなるもの

大いなるものに応へしいかのぼり
シャボン玉物理の講義はじまりぬ

小さき靴揃へる保母や涅槃寺

陽炎やペン先修理待つ時間

二段づつ駆くる少年卒業期

朝ざくらていねいに書く保証欄

駅前の電気大学初つばめ

花水木返事一拍遅れけり

赤貝の尖り縄文火炎土器

バスを待つ母の定位置花大根

新宿の蒼き夜空や鳥帰る

仮設階段の涼しき小窓楡一樹

和太鼓やなんぢやもんぢやの花の下

奥多摩やみどりの底の停留所

多摩よこやまの径の凸凹青葉風

青鷺や多摩に小さき「絹の道」

ケーブルカーの中の階段遠郭公

桑の実や美大へつづく旧街道

折返しバスの着きたり山の蟻

ゴルフカート小さき団扇置かれあり

まならにボールの軌跡遠郭公

万緑や美しき素数の誕生日

ゆりの木の花よ博物館の街

蒼朮を焚けり啄木記念館

五月雨や露人兵士の墓碑百基

葛切や譲る気のなきスケジュール

噴水の低くアカペラコンサート

忠敬の巨き蹠や南風

濫蓄に軽きあひづち鰻待つ

手首よりはづす時計よ原爆忌

返却の本滑る音天の川

水道に上下《うえした》のあり葛の花

走り蕎麦水車正しう廻りけり

膨らめる土偶の臀部稲光

稲の花用件のみの子の電話

食堂の日本海新聞菊日和

艶めきて蛇穴に入る黒木御所

写真展の怒る眼ばかり秋の蟬

一位の実民話の締めのドンドハレ

啄木は賢治に逢はず木の実落つ

コスモスや返す当てなき借用書

敬礼に応へ敬礼新松子

武蔵決闘の辻秋の雨上がる

一行の日記閉ぢをり小望月

戦艦の凹みの黙や秋の雲

ため口となりしひと言青蜜柑

言へぬことひとつ増えたり青瓢

鵯や午後の句会の進行役

採血の円きパッチや神の留守

法事会のシフォンケーキや十二月

夭折の彫刻展や枇杷の花

綴ぢられし開戦詔書冬の雲

顎冷たし眼圧検査の朱き点

枯芝や今新しき猫の糞

寿福寺の石のクルスや笹子鳴く

笹鳴や虚子の矢倉の竹箒

白葱に渦あり厨の換気扇

新しき名簿の届く十二月

元日や静かに廻る洗濯機

楪の鳥の鳥呼ぶ朝かな

初手紙子に伝へたきこと二つ

予報士の棒より生るる寒気団

ギプスの子に回す腕や冬木の芽

文体の一人にひとつ青木の実

叩かれて浮きし静脈四温光

竹生島へ水脈一筋や春隣

第二章

ルドンの眼

初蝶や迷ひつつ打つ句読点

亀鳴くや運慶仏のレントゲン

ルドンの眼に逢ふ丸の内冴返る

縁談のひとつ蛙の目借時

春潮や開けてはならぬ玉手箱

蝌蚪の紐アップテンポのアベマリア

内視鏡検査の前夜青葉木菟

ＭＲＩの輪切りの音や薄暑光

右折れの院内食堂緋のダリア

葉桜や子規十六の硯箱

存在を指差されをり蝸牛

突き上ぐる拳よ遠花火開く

ポンポンダリア短命なりしわが家系

空港へ三つの航路しやがの雨

片蔭や軍のマークの消火栓

古絵地図の朱き境界花は葉に

礼状のえんぴつ書きや青葡萄

身ぬちなる小さき怒り蝸牛

地下街の長き廻廊秋涼し

吉良の家臣の二十士石碑蓼の花

青無花果聖地に戦火絶えざりし

小鳥来る炭鉱跡の博物館

廃坑の街の坂道秋の雲

龍潜む淵の水門開きけり

井《せい》月《げつ》の半生不詳萩の雨

天平の古文書の皺秋の空

冬ざれや青磁童女の腹まろし

笹鳴や石に刻みし賢治の詩

十七音の無限の器冬銀河

山茶花や波郷の墓のあき子の名

ひら積みの仏教本や十二月

人体の曲線愛し年新た

読みくらぶる朝刊三紙今朝の春

初山河つきあひ淡くなりにけり

巨き牛のおほき斑や初明り

第三章

玄奘への道

台北・江南・シンガポール

おほらかな旅スケジュール春疾風

梅一枝旅の用意の新名刺

北回帰線越ゆる一機や花杏

ガジュマルの気根の湿りつばくらめ

デスマスクの魯迅口髭あたたかし

江南の運河洋洋いかのぼり

鑑真和上の鼻梁一筋山桜

春田打つ新幹線の速度計

すずしさやレーザー光線天穿つ

シルクロード

初鰹旅の鞄の鍵ふたつ

旅立ちの前の合掌花は葉に

朝曇り出国審査の朱き線

機内食の清真《ウルムチ》の文字青胡桃

検問の稚き兵士熱沙かな

玄奘の立ちし土壁白蜥蜴

万緑や王墓守れる埴輪兵

炎天や携帯離さぬ駱駝曳

タクラマカン雪解の大河呑みにけり

咆哮の騾馬一頭や熱沙舞ふ

証明書の民族の欄花棗

オアシスの蒼き寺院や花棗

藍染むる盥跣足の老婆かな

花柘榴翁の廻す糸車

桑の実やひとりメンコのウイグル児

三代の囲む昼餉や青葡萄

物乞ひの老婆の爪や夜の噴水

ダンサーの児の手拍子や芥子坊主

青バケツのトイレ一元雲の峰

大夕焼ひとつ遺りし狼煙台

熱風や玄奘発ちし経の道

潰されし石仏の眼や豆の花

楼蘭の美女の眼窩や熱沙吹く

O脚の武将のミイラ涼しかり

夏燕洞の錠閉づ学芸員

遠郭公石窟護りし革命家

国境へ軍用車輛棉の花

幾万のソーラーパネル白蜥蜴

仲麻呂の細き記念碑夏の月

到着機の荷物涼しく吐き出され

爽やかや民族衣装のスチュワーデス

収入の部より報告小鳥来る

秋桜開かぬままの常備薬

直観の決心ひとつ新松子

第四章

黙禱・東日本大震災

燕の子駅の津波の到達点

黙禱や無人無音の大夏野

炎天や瓦礫の塊の青き旗

鉄路なほ仮の終点夜の秋

サッカー場の復興本社やませ吹く

共同トイレ共同浴場雲の峰

半減期永きセシウム蚯蚓出づ

廃炉への道の有耶無耶青葉木菟

野馬追祭うまのかたちの厠かな

日盛りや線量計のギリシャ文字

フレコンバッグの積まれ大地の蛇苺

汚染土の中間置場石蕗の花

みちのくの消えぬ仮の字冬すみれ

虎落笛汚染タンクの×印

原発の汚水タンクの増えおぼろ

つちふるや原子炉内の推定図

余震なほ復興のなほ初つばめ

第五章

山刀伐峠

一刀彫の芭蕉立像青葉風

下野や若葉に沈む芭蕉句碑

糸とんぼ石やはらかき曾良の句碑

五大堂の厚き床板雲の峰

茅花流し分水嶺の石三つ

朗誦の山刀伐峠新樹光

秋の雲不玉旧居の碑の三句

木の皮のほのかなる文字蓮は実に

ばつた跳ぶ影やはらかき佐渡島

天の川佐渡に数多の能舞台

良寛の巨きてのひら秋の蔦

幻住庵への坂道釣瓶落しかな

散もみぢ鹽の匂ひの鐵の釜

十哲のひとり同郷かいつぶり

冬めくや坊十八の中尊寺

多賀城の玻璃の教会雪ばんば

老将の兜護られつはの花

突端への原発道路虎落笛

銘北枝の翁の木彫雪の寺

「むすびの地」木曾山系の雪解水

第六章

寒稽古

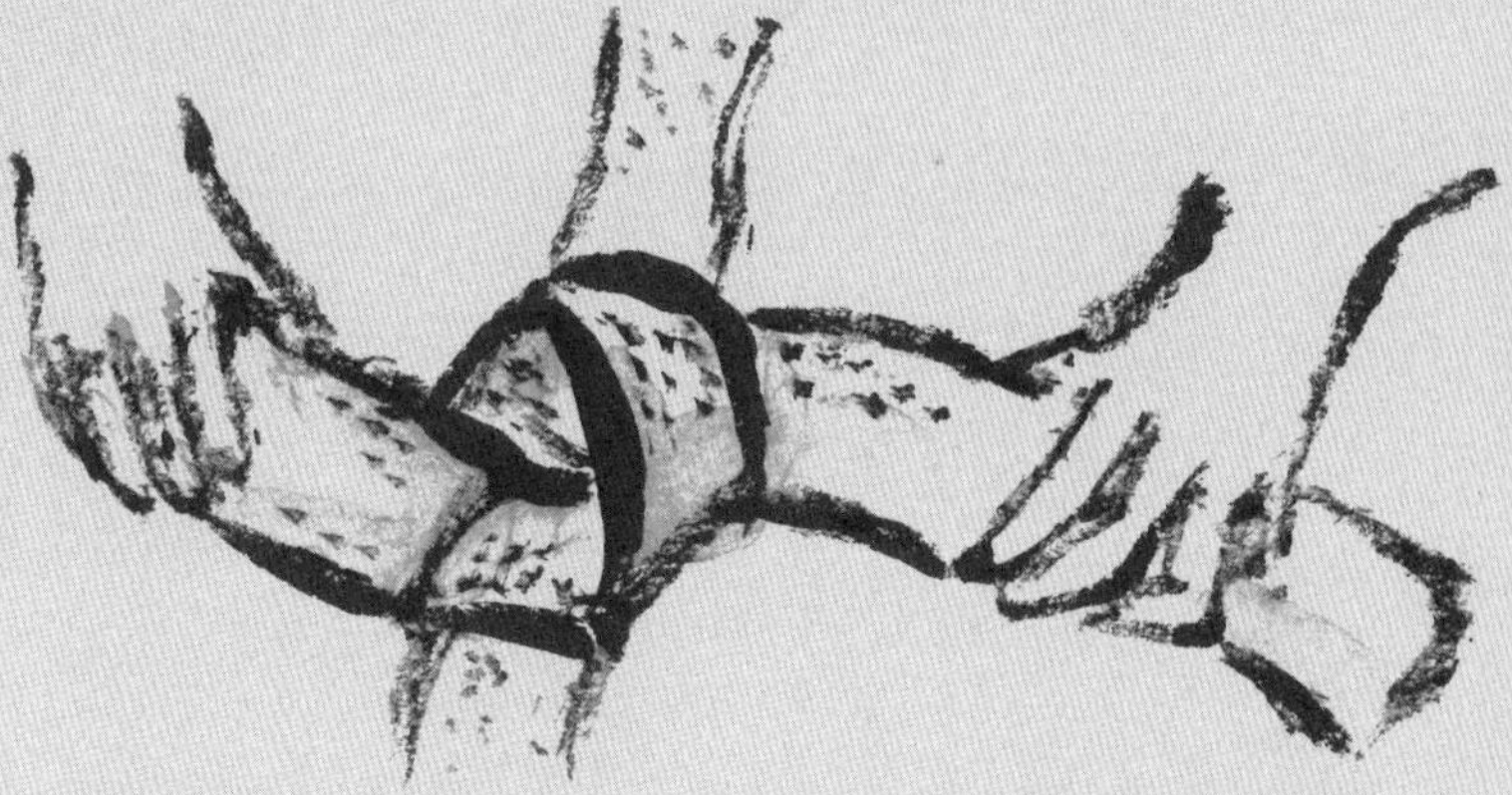

廻りたる袴の裾の淑気かな

初稽古丹田におくたなごころ

更衣室の言葉少なし寒稽古

繕へる道着の衿や竜の玉

狐川の水の階白つばき

スケッチのペン水平に梅一枝

水源の巨きダム湖よ雪解風

伏せられし手鏡ひとつ春炬燵

囀や野球禁止の立看板

天文台の巨き門柱朝ざくら

にび色の空母Xつばくらめ

年号の訂正印や夏近し

ポケットのふくらむ硬貨夏初め

国造りの神の系図よ風薫る

水牛の盛り上がる臀青葉潮

尖石の鋭き天辺や梅雨の蝶

青梅雨や推敲多き詩のノート

心経の息継ぎ自在椎若葉

保育園の固き門扉や夏つばめ

燕の子住宅地図にある我家

海月浮くスカイツリーの脚三つ

楸邨全集の欠くる一巻土用干

枕辺の本ととのへり夕薄暑

大夕焼本籍とする現住所

汗とあせ投げられゐたる朝稽古

押さへられ小窓の先の大西日

木刀の朝の素振りや青山河

渓谷の横穴墳墓蟬しぐれ

狼の句碑や花火の音三つ

樺太行の賢治の挽歌ななかまど

天の川三百畳の合宿所

少年の道着短し藤は実に

ぶつかりつつ組む円陣や秋山河

偶数の日の安売りよ野分晴

予科練の訓練跡地草の花

箸置きの小さき独楽やとろろ汁

鷗外のタブーのふたつ秋の雲

ためらひつつ山を離るる後の月

一草庵の巨き法衣よ水澄めり

行乞の日記饒舌秋の雲

向かひ合ふ工女の墓よ小春空

梟や遠くにロックコンサート

冬紅葉イヤフォンより鐘の声

投函の戻りし葉書冬の雲

天辺へS字の径よ冬ざくら

十方より光入り来し枯野かな

古九谷の円き紋様冬の雲

第七章

生と死のあはひ

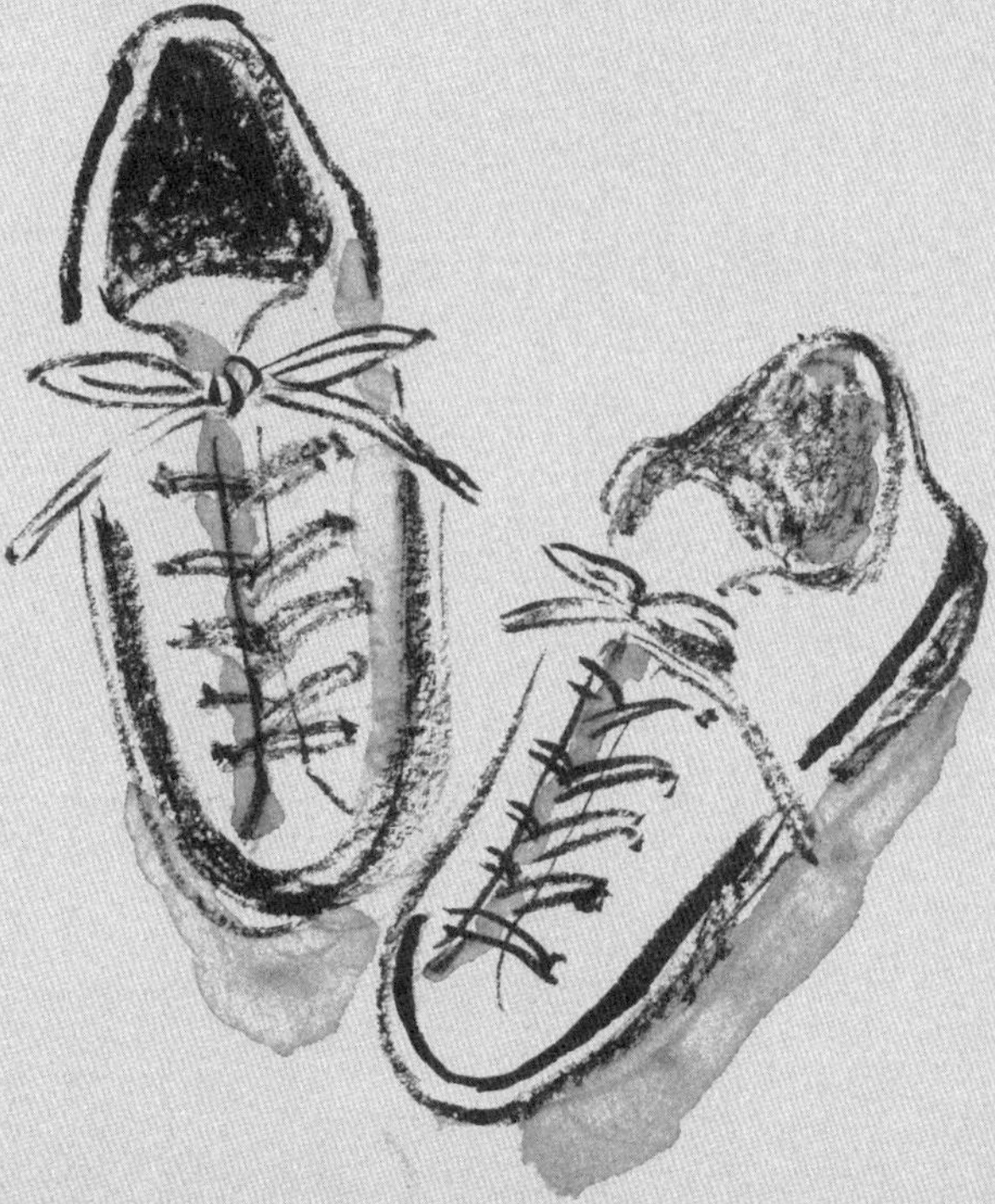

入院のキャリーカートや日の盛

枕辺のスイッチ多し熱帯夜

馬術部の馬の佳き貌朝曇

虹消えて真つ新の空生まれけり

炎昼の杜のふくらむ鳥語かな

夏の雲天皇退位特例法

弾薬庫上の公園夏つばめ

麦秋や子規病床の不折の絵

柿若葉子規従軍の小さきペン

朔太郎忌園児らの声遠くより

約束の朔太郎橋青しぐれ

日めくりのめくり忘れし夏越かな

楸邨のひとりごころや青嵐

脚注のやうな相づち大南風

白南風や沖埋立ての新街区

縄文の小屋の火起こし青胡桃

栗の花仮面土偶の巨き臍

青梅や同窓二人より句集

こめかみの鬱の一片髪あらふ

寡黙なる人の寡黙に夏料理

峰雲や少年受刑囚詩集

源流の二手に岐れ雲の峰

干しものの妻の流儀や終戦日

人影のかたまつてゐる良夜かな

取り外す象舎の囲ひ白木槿

星流る森を住処に森の精

銀河より零れし縄文土偶かな

収穫の後の黒土鵙高音

円筒を囲む円筒竹の春

席替へて詰める話や草の花

黒ぶだうひとり休める読書会

いぶかしむ児のまなざしや草の絮

窯跡の朱き窪みや小六月

接岸の抛るロープや秋つばめ

俳諧堂の柱の罅や秋霞

山の神守りし一木秋の雲

墓守の野太き声や新松子

点滴の乱れぬリズム秋暑し

秋深し採血台の左肘

かなかな時雨みな一礼の一宮

小春風ケースワーカー志望の子

土に還るトーテムポール花八つ手

年の暮結び目美しきスニーカー

念力の朱き十年日記買ふ

包装紙の幾何学模様年の暮

初明り母音転がしつつうがひ

初鏡老いにひとつの立志あり

人日や十年経ちし読書会

一文字のペンの掠れや実朝忌

夕暮れや深海魚めく枯野人

仕切り板愚直に守りおでん鍋

秒針の揺らぎよ寒の花時計

公園の水の循環冬の草

吉村昭記念館

表紙反る昭の辞書や春隣

唄ふやうに徳利二合と赤セーター

はらからの淡き一通竜の玉

ペン立てのどれも膨れし寒の明

春昼や駅構内の馬の像

薪能火の粉の先の少女かな

線描のピカソの鳩よ春愁ひ

痛さうな名前の山よ春浅し

春寒しいつも違へてゐる一字

春一番子に託したる墓ひとつ

緊急時ヘリ発着地芝青む

江ノ電の海展きたり春の鳶

虚子墨字の「花鳥諷詠」春疾風

鎮まりしもめごとひとつ霾ぐもり

死と生のあはひ一枚桃の花

木の芽風カード払ひの拝観料

爺も呑む牛乳なるぞ春北風

ロボットの運ぶピザパイ鳥雲に
原木の神代櫻吹雪かな

あとがき

この句集『訪ふ』は私のはじめての句集です。

十二年前会社員生活を終え、ＮＨＫ青山の石寒太先生の俳句教室の門をたたきました。俳句入門です。

程なく「炎環」に入会、いろいろな句会にも進んで参加してどっぷりと俳句の世界、面白みに浸って今日に至っています。

振り返りますと、この間実に多くの場所に旅行をしました。家族と、友人達と、そして俳句仲間との吟行と、数えきれません。特に石寒太主宰に率いられた旅は、国内の俳句の名所のみならず中国、台湾、シンガポールの海外にも及びました。

このような旅中、出会う人々、事物は私を魅きつけてやみません。これまで味わうことのなかった自由な気持ち、感覚を楽しみました。こころの奥底にふれる何か大きなものへと誘われておりました。

俳句という十七音の器はそういった思いを端的に表現する手段となって、私には楽しく、時に苦しく、新しい場がおのずと展けていく不思議な感覚でした。

今回、主宰より一度句集としてまとめてみてはどうかとの話をいただき、句歴からは早すぎる気もありましたが、これまでの句から三百を選び、本句集としました。題名「訪ふ《おとなう》」は如上の思いから付したものです。

句集をまとめる過程から、俳句の水平線の遥かな拡がりが少し見えてきたように思います。十七音の定型短詩に季語というマジックを駆使する俳句の世界には、豊潤で無限の可能性があり、奥深い俳句表現の世界に一段と魅せられていきそうです。

石寒太主宰にはこれまでいろいろの機会にご指導をいただき、又今回の句集上梓におきましては細かな処に至るまでご助言をいただいたうえ、過分な序文、更には素晴らしい題簽を賜り、ただ感謝のほかありません。

又「洋洋句会」の他「炎環」の多くの句会及び吟行などで句座を共にした皆様本当にありがとうございます。「炎環」の丑山編集長には句集上梓にあたり一方ならぬお世話になりました。挿絵をお願いした初鹿光子さんは高校時代のクラスメート、夫君ともシルクロードの旅をご一緒したご縁で快くお引き受けいただき感謝します。

俳句の世界に一歩を踏み込んだばかりの私のささやかなこの句集を手に取っていただいた方々に、こころよりお礼を申し上げます。

最後に俳句の世界に入り込んだ私の気儘を許してくれている家族に感謝します。

令和二年十月

万木一幹

❖著者略歴

万木一幹……ゆるぎ・いっかん……（本名・万木 隆）

滋賀県高島市出身
昭和十八年七月生れ
昭和四十一年　京都大学経済学部卒業
平成十年　株式会社住友銀行（現三井住友銀行）退社
平成二十年　株式会社鴻池組退社
平成二十一年八月　「炎環」入会
「炎環」同人　現代俳句協会会員
合気道三段

〔現住所〕
〒一八二－〇〇二五
東京都調布市八雲台一－一六－九

炎環叢書　8

句集　訪《おとな》ふ

二〇二〇年一二月一四日　第一刷発行

著者……万木一幹
編者……炎環編集部（丑山霞外）
造本……鈴木一誌＋吉見友希
発行者……菊池洋子
発行所……紅書房
東京都豊島区東池袋五－五二－四－三〇三
郵便番号＝一七〇－〇〇一三
電話＝（〇三）三九八三－三八四八
FAX＝（〇三）三九八三－五〇〇四
ホームページ……http://beni-shobo.com
印刷・製本……萩原印刷株式会社

紅書房

ISBN978-4-89381-342-8　C0092

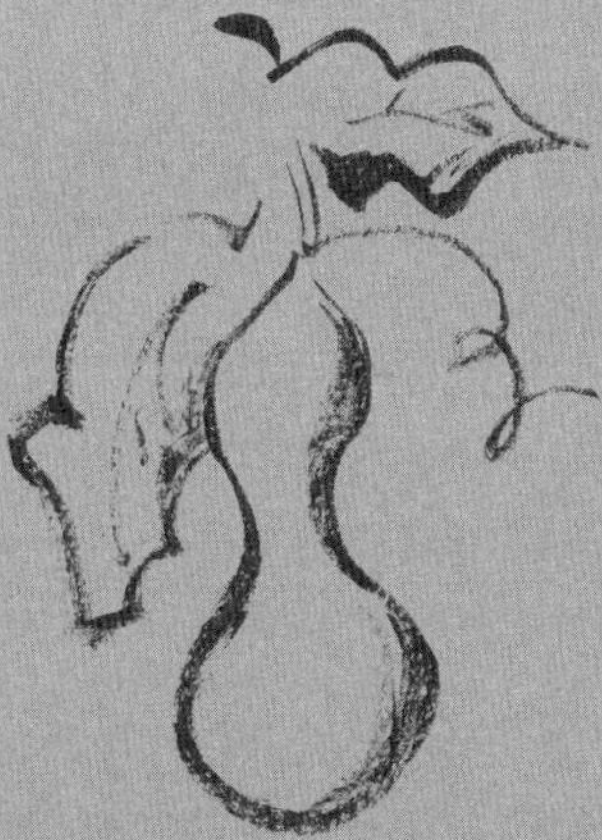